비 내리는
단칸방

오늘도 외로웠던 당신을 안아줄 이야기

비 내리는 단칸방

BORAme 글, 그림

21세기북스

들어가는 중 ⧖

안녕.

내가 살고 있는 단칸방에 찾아왔구나.

나는… 그냥 이렇게 있어.

언제나 혼자 있어.

아무것도 관심이 없고

주변에도 관심이 없고

너에게도 관심이 없어.

나는 지금 이렇게 있어.

그리고 여기는 내가 살고 있는 단칸방이야.

언제나 비 내리는 곳이지.

이 비가 그치기는 할까.

솔직히 잘 모르겠어.

그래도 언젠가는 밖으로 나가는 날이 오지 않을까?

창문 밖은 여기랑 다른 세상일 것 같아.

시간이 지나면 방 밖으로 나가서

나무와 풀이 어우러져 있는 공원에도 가보고

높은 건물과 많은 사람들이 모여 있는 도시에도 가보고 싶어.

그런 날이 찾아올까?

Rainy Island

CHAPTER 3
정말 잘 지내?

CHAPTER 4

내가 특별한 사람이 될 수 있을까?

CHAPTER 5

과연 문밖에는 어떤 세상이 있을까?

CHAPTER 6
◀ 바쁘게 어디로 가는 걸까? ▶

CHAPTER 7
◀ 언젠가 그런 날이 올 거라고 믿어 ▶

CHAPTER 1

나는 할 말이 없어

DAY 1
안녕

안녕…

너에게 잠깐 인사를 건넬 수 있지만

그 이상은 할 말이 없어.

나는 사람이 꼭 말을 할 필요가 없다고 생각해.

그런데

왜 그런 표정을 짓고 있는 거야?

뭘 보고 있어? 나를 보는 거야?

왜 나를 보는지 이해가 안 가.

다들 왜 나를 그런 표정으로 보는지 잘 모르겠어.

어떻게 보든 나는 상관없다고 생각해.

하아~.

한 것도 없는데 지치네.

아침에는 항상 일어나기가 힘들어.

움직이는 것도 귀찮아.

뭔가를 먹어야 하는데 그거조차도 귀찮아.

오늘 쓰레기 버리는 날인데 나가기 귀찮아.

휴지가 떨어졌는데 사러 가기 귀찮아.

모든 게 다 귀찮아.

몸을 움직여야 하는 건 나도 알아.

하지만 정말 무기력한데

내가 꼭 움직여야 할까?

가만히 있어도 괜찮지 않을까?

정말 하기 싫은데 꼭 해야 할까?

이런 마음으로 귀찮은 몸을

억지로 움직여서 얻는 건

아무것도 없어.

ALONE

오늘 방을 청소하려고 시도했지만 이내 포기했어.

곰팡이가 제일 많은 곳이라 화장실 청소도 해야 하는데

만약 청소를 하더라도 어차피 또 곰팡이가 필 테니까 내버려뒀어.

그냥 아무것도 신경 쓰고 싶지 않아.

청소든 뭐든 간에.

그런 날이 왔으면 좋겠지만

그렇게 되면 과연 내 마음이 편할까?

모
르
겠
어.

의미 없는 시간

구름은 어디로 흘러갈까?

하염없이 흘러가는 구름처럼 시간도 계속 흘러가.

계속 흘러가는 이 순간은 의미 없는 시간이야.

이건
의미 없는 시간이야

이런 내 모습을 시간 낭비라고 생각할지도 몰라.

남들은 없는 시간을 쪼개서

무언가 활동하고 행동하고 움직이니까.

하지만 나에게는 의미 없는 시간이야.

정말 하고 싶은 일이 없어.

무엇을 해야 할지 어디서부터 시작해야 할지

언제 해야 할지 어떻게 해야 할지

그리고 왜 해야 하는지 목적도 없어.

이런 내가 이상한 걸까?

DAY 4
내가 잘 살고 있는 걸까?

문득 이런 생각이 들 때가 있어.

이렇게 사는 내가 잘못된 걸까?

나는 내가 잘못되었다는 생각이 들지 않는데...

이게 맞는 걸까?

맞는 건지 틀린 건지 어느 것이 정답인지 모르겠어.

내가 잘 살고 있는 건지 모르겠어.

그래서 불안해.

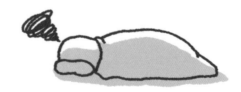

불안한 마음을 감추려고 노력해.
누군가에게 들키고 싶지 않아 혼자서 다독이지만
아무리 노력해도 불안함을 없앨 수가 없어.

그럴 때 밖에서 들려오는 빗소리에 귀를 기울여 집중해.
불안감이 조금씩 사라져가는 기분을 느껴.
잠시뿐일 수도 있고 완전히 없어지지는 않지만
지금 마음이 편해진다면 괜찮다고 생각해.

나에겐 없고 남들에게는 있고

나도

지금보다 더 좋은 스마트폰이 있었으면 좋겠어.

지금보다 더 맛있는 음식을 먹을 수 있으면 좋겠어.

사고 싶고 먹고 싶고 하고 싶지만, 나에게는 어려워.

미리 포기한다는 생각이 들겠지만

나에게 거리가 먼 현실이라는 것을 알아.

나에겐 없고 남들에게는 있고.

비교하고 싶지 않지만 어쩔 수 없이 보이는걸….

적어도 꿈 정도는 꿀 수 있는 거잖아.

이것만은 나의 자유니까 내버려둬.

먹고 싶고 하고 싶지만 정작 기회가 찾아오면 한번 더 생각한다.

좋은데 과연 내가 먹어도 될까?

내가 해도 될까? 정말?

그렇게 생각만 하다가 시간을 보낸다.

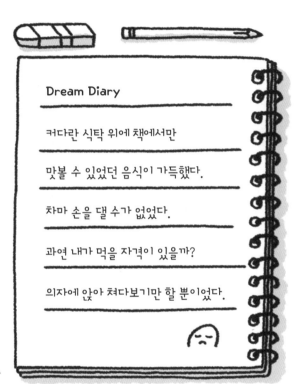

Dream Diary

커다란 식탁 위에 책에서만

맛볼 수 있었던 음식이 가득했다.

차마 손을 댈 수가 없었다.

과연 내가 먹을 자격이 있을까?

의자에 앉아 쳐다보기만 할 뿐이었다.

· ALONE

오늘은 온종일 단칸방에 혼자 누워 있었어.

방에 혼자 있는 날은 아무것도 안 하게 될 때가 많아.

집 안 공기는 눅눅하고 아무도 없고

계속 비가 내리는 걸 바라만 봐.

가끔은 창밖에 먹구름이나 지나가는 사람을 볼 때도 있어.

여기는 지나가는 사람도 별로 없지만….

오늘도 평소랑 다를 거 없는 똑같은 날이었어.

CHAPTER 2

 내가 잘 살고 있는지 모르겠어

DAY 7
두려워

창밖을 보고 있다 보면

지나가는 사람 중에 누군가가 나를 볼까 봐 두려워.

내가 그들에게 잘못한 것도 없는데

그들은 나에 대해 아는 것도 없는데

무언가 잘못한 죄인이 된 것처럼 두려움이 느껴져.

무엇이 나를 두렵게 만드는 걸까.

아니면 이미 알고 있는 걸까?

나 자신도 모르게 지금 상황을 피하고 있는 걸지도 모르겠어.

그래서 창밖을 보고 있는 게 힘들 때가 있어.

이렇게 생각하는 나 자신이 두려워.

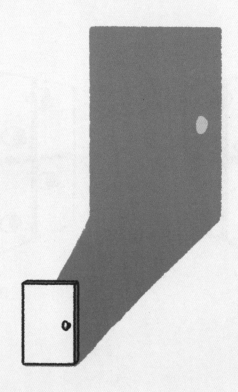

ALONE

밖에 나가볼까 했는데 오늘도 집에 혼자 있었어.

방문을 열고 싶지 않아서 그냥 집에 있기로 했어.

망설였지만 이내 다시 제자리로 되돌아갔지.

열면 바로 밖으로 나갈 수 있는데

문이 크고 멀게만 느껴져서 열기가 어려웠어.

그냥 열면 되는데 무엇이 어렵게 만드는 걸까.

처음에는 나가기 귀찮아서 방안에 있었는데

이제는 점점 나가기가 힘들어져.

그렇게 문에서 더 멀어지고 있어.

DAY 9
그렇게 나는 익숙해져가

오늘은 몸이 좀 으슬으슬한 게 좋지 않은 거 같아.

아마 추워서 감기에 걸린 걸지도 모르겠어.

사실 얼마 전부터 조금씩 아팠는데 괜찮다 생각하고 있었나 봐.

그런다고 괜찮아지는 게 아닌데

괜찮은 척하고 있는 게 좋은 것은 아닌데 익숙해져가.

그러고 보니 다섯 살 때, 문에 손가락을 찧은 적이 있어.

아파서 울었지만 아무도 도와주지 않았지.

아플 때 곁에 아무도 없으면 괜히 서러워지더라.

이제는 익숙해졌지만….

이제 난 더 이상 아프다고 울지 않아.

'괜찮으니까 아파할 필요 없어'라고 스스로에게 거짓말을 해.

그리고 다시 자신에게 되물어봐.

"너 정말로 괜찮아? 진짜 익숙한 거야?"

그제야 난 "아니"라고 말해.

그래야만 하니까 그래야 덜 상처받으니까.

그렇게 나는 익숙해져가.

겉만 멀쩡하고 포장을 뜯으면 텅텅 비어있는 과자처럼.

언제나 한곳에 머물러 있어

내가 곰팡이인지 아니면 곰팡이가 나인지 구분이 안 갈 때가 있어.
곰팡이는 언제나 한곳에 머무르며 좀처럼 사라지지 않아.

나도 마찬가지야.
이 방에 계속 머무르며 사라지지 않지.
어디로라도 움직이면 좋겠는데 말이야.

언제나 한곳에 머물러 있어.

과연 사람이 한곳에만 머무르는 게 가능할까?

세상 밖은 넓지만 내 방은 좁아.

밖으로 나가 세상에 무엇이 있는지 여행을 하고 싶어.

하지만 나에게 여행이란 꿈같은 이야기.

이런 환경 속에서 여행을 갈 수 있다는 확신이 안 들어.

나는 아마 평생 여행을 갈 수 없을 거야.

내가 방을 벗어나는 게 가능할까?

ALONE

창밖을 보는데 언제 피었는지 모를 꽃이

비바람에 이리저리 흔들리고 있더라.

바람에 꺾이지는 않을까 계속 지켜보고 있었는데

날아갈 것처럼 아슬아슬해 보였어.

나는 저 꽃의 이름도 모르는데 괜히 신경이 쓰였어.

DAY 12
천둥이 치는 밤

바람에 창문이 세차게 흔들릴 때가 있어.

방안이 조용해서 그런지 더 크게 들려와.

예전이나 지금이나 무서운 건 마찬가지야.

나이가 많든 적든 같은 마음이야.

어릴 때 천둥만 치면

이불을 머리까지 뒤집어쓰고 두려움에 떨었어.

어서 빨리 지나가길 바랐지.

그런 기억 때문인지

천둥 치는 밤이 찾아오면 잠들기 힘들어져.

깨지 않도록 깊이 잠들고 싶어.

맞벌이로 저녁때가 되어야만 돌아오는 부모님.
부모님의 빈자리가 커서였을까.
저녁까지 쏟아지는 폭우 속 천둥소리는
폭탄이 터지는 소리처럼 들렸어.
부모님이 언제 돌아오실까
숨을 죽이며 이불 속에서 잠든
어린 날의 내 모습을 달래주고 싶어.

차가운 현실 속에서 따뜻한 꿈을 자주 꾼다.

무언가 내면에 가라앉아있는 무의식이

그대로 꿈에 반영되어 나타난 걸까?

편안하고 따뜻한 밤을 그리워한 걸지도 모르겠다.

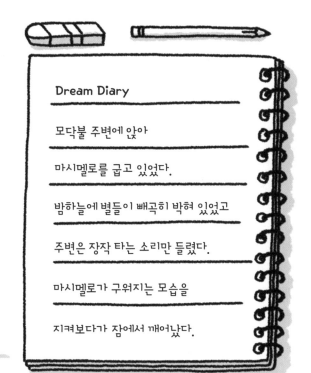

Dream Diary

모닥불 주변에 앉아

마시멜로를 굽고 있었다.

밤하늘에 별들이 빼곡히 박혀 있었고

주변은 장작 타는 소리만 들렸다.

마시멜로가 구워지는 모습을

지켜보다가 잠에서 깨어났다.

DAY 13
우산이 없는 거야?

이 장마가 끝나기는 할까?

점점 비가 더 오고 있어.

혹시 우산이 없는 거야?

P.50

P.51

없는 거야?

그렇다면 내 우산을 가져 가.

하나뿐이지만 쓸 일이 별로 없거든.

있구나.
만약 우산들만 사는 나라가 있다면
그곳도 여기처럼 계속 비가 올까?
그럼 계속 내리는 비에
견디지 못하고 전부 녹이 슬어버릴 거야.

DAY 14
갇히고 싶지 않아

가끔은 새를 기르고 싶을 때가 있어.

참새처럼 작은 새를 새장 안에서 기르고 싶은 마음이 들다가도

가둬두는 것이 새에게 좋은 걸까 하는 생각이 들어.

만약 새를 키워도 새장에 가둬두고 싶지는 않아.

나도 갇혀있는 건 싫은걸.

방안에 갇힌 기분이야.

이런 기분을 어떻게 풀어야 할지 모르겠어.

아직은 잘 모르겠어.

내가 잘 살고 있는지….

언제가 알 수 있는 날이 올까?

아니면 영영 오지 않을까.

새장에
갇히고 싶지 않아

ALONE

오늘따라 잠이 오지 않아서 한참을 뒤척였어.

모두가 깊이 잠들어있는 시간에 나 홀로 깨어 있었어.

이렇게 잠이 오지 않는 날은 정말 괴로워.

창밖에서 비추는 가로등이 너무 밝아서 힘겨워.

밤에 잠을 잘 자고 싶어.

짜장면을 먹었어

집을 둘러보면 알겠지만, 딱히 음식을 만들어 먹지 않아.
주로 배달음식을 시켜 먹거든.

오늘도 짜장면을 먹었어.
비싼 건 주문을 못 하지만 항상 이렇게 배달 음식을 먹어.
밖에 안 나가도 되고 집에서 혼자 먹기에 좋아.

배달음식만 먹는다고 주변에서 나를 이상하게 쳐다봐.

그러니까 너까지 그런 표정을 지을 필요는 없어.

나는 언제나 괜찮으니까.

DAY 17
기억이 안 나

미안, 무언가를 찾느라 네가 온 줄 몰랐어.
전에 여기에 둔 것 같은데 보이지가 않아.

항상 필요한 물건은 찾으면 안 보이더라.
물건처럼 말도 똑같아.
꼭 중요할 때 할 말이 생각나지 않는 거 같아.

뭘 하려고 했는지 기억이 안 날 때도 있어.
장마가 시작되기 전에 햇빛이 얼마나 밝았는지 기억이 안 나.
날이 밝았을 때 내가 무엇을 했는지 기억이 안 나.

하고 싶은 말이 있는데 말을 꺼내기가 힘들어서 뒤로 미뤄두면

정작 말해야 할 때 생각이 나지를 않아.

그렇게 기회를 놓치며 아쉬움만 점점 쌓여가.

점점 잊어버리고 기억이 나질 않으니까 구분이 안 갈 때가 있다.

내가 여기 있는 게 맞는 건가?

아니 저쪽에 있어야 하나?

여기가 아니라면 어느 쪽이 맞는 건지

무엇이 진실인지 기억이 나지 않는다.

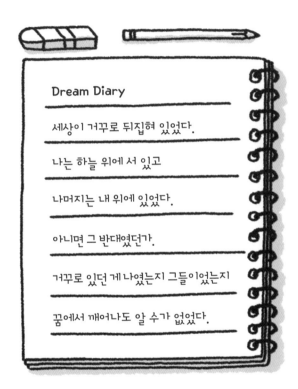

Dream Diary

세상이 거꾸로 뒤집혀 있었다.

나는 하늘 위에 서 있고

나머지는 내 위에 있었다.

아니면 그 반대였던가.

거꾸로 있던 게 나였는지 그들이었는지

꿈에서 깨어나도 알 수가 없었다.

대화하는 게 좋아?

⒝

예전에도 이야기했지만 나는 할 말이 없어.

지금도 할 말이 없다고 생각했는데…

ⒶⒸ

나랑 대화하는 게 좋아?

응
P.64

아니
P.65

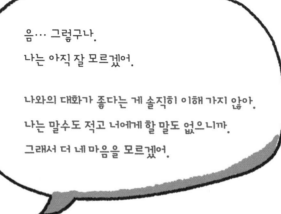

음… 그렇구나.
나는 아직 잘 모르겠어.

나와의 대화가 좋다는 게 솔직히 이해 가지 않아.
나는 말수도 적고 너에게 할 말도 없으니까.
그래서 더 네 마음을 모르겠어.

좋지도 않은데 왜 나랑 대화를 해?
정말 이상하구나.

대화하는 것을 좋아하지 않는데
자꾸 말을 거는 넌 어떤 마음일까?

CHAPTER 3

 정말 잘 지내?

DAY 19
기다리는 것

기다리는 것은 지치는 일이야.

나도 그렇지만 상대방도 그렇지.

기다림 끝에 보상이 존재하지만

언제까지 기다릴 수는 없어.

어떻게 되든 결정을 내려야만 해.

계속 기다리기만 해서 얻을 수 있는 것은 아무것도 없어.

하염없이 기다리다가 의미 없는 세월만 흘러가.

하지만 가끔은 기다림이 필요할 때도 있어.

기다리는 건 지루하고 힘든 일이지만

그래도 누군가 나를 끝까지 기다려준다면 기쁠 것 같아.

창문 밖의 세상

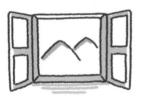

비를 바라보고 있다가 문득 이런 생각이 들었어.
창문 밖은 여기랑 다른 세상이지 않을까?

언제가 시원한 바람을 맞으며 외출하는 날이 올까?
지금처럼 차갑고 축축한 비바람 말고….

그런 날이 찾아올지 언제가 될지 잘 모르겠어.

DAY 21
거울 속의 나

화장실에 있는 거울을 쳐다봤어.

그 속에 비친 내 모습을 보면

조금 초라한 느낌이 들어.

자신이 없어.

언제까지 이런 생각을 하게 될까.

나 자신을 초라하게 바라보는 건 잘못된 일일까.

무언가 작은 변화가 있다면 뭐라도 달라질까?

거울 속의 내게 물음을 던졌지만

대답은 돌아오지 않았어.

난 무엇을 바랐던 거지?

◻ **ALONE**

방안을 뒤적거리다가 언제 샀는지 모를 씨앗을 발견했어.

한번 키워볼까 하고 집안을 둘러봤는데 마땅한 게 보이지 않았어.

현관문을 살짝 열었는데

집 앞에 작은 스티로폼 상자가 버려져 있었어.

무슨 용기가 났던 걸까?

나가서 상자를 줍고 주변 흙을 담아서 얼른 집 안으로 돌아왔어.

방안에 들어왔는데 따뜻한 온기가 내 몸을 감싸 안았어.

창문 밑에다 상자를 두고 흙을 조금 파서 씨앗을 심었어.
크게 일한 건 아니지만 뭔가 마음이 간지러웠어.

그래도 상자가 가까이 있어서 다행이야.
멀리 있었으면 못 가져왔을 테니까.

DAY 23
돌아가는 물레방아

전에는 시간이 언제 가나 했는데 요즘에는 참 빨리 가는 것 같아.

내가 이렇게 가만히 있어도 시간은 계속 돌아가.

물레방아가 계속 돌아가는 것처럼 시간도 계속 돌아가.

그렇다고 둘이 같다는 것은 아니야.

물레방아는 언제든 멈출 수 있지만, 시간은 절대 멈추지 않아.

멈추지 않는 시간을 하염없이 바라만 봐.

멈추지 않는 시간을 이렇게 흘려보내기만 해도 괜찮은 걸까?

"가만히 있을 시간에 뭐라도 해봐"
주변에서 이렇게들 말을 해.
하지만 지금 이 시간을 가치가 없다고 단정 지을 수 있을까?
과연 정답이라는 것이 존재하기는 할까?

다른 것도 먹어보고 싶어

사람이 항상 똑같은 것만 먹고 살 수는 없잖아.

지금 먹고 있는 음식 말고 다른 것도 먹어보고 싶어.

방 한쪽에 놓인 책장에서 먼지 묻은 요리책을 꺼내 봤어.

쭉 보니까 세상에는 내가 모르는

다양한 음식이 있구나 하고 깨달았어.

언젠가 나도 한번은 저런 음식들을 요리해보면 어떨까 싶지만

아직 나에게는 어려울 것 같아.

그냥 우리 동네에도 맛집이 있었으면 좋겠어.

새로 생긴 가게에서 배달을 시켰어.

전에 먹던 곳에 익숙해져서 그럴까?

생각만큼 맛있게 먹지는 않았어.

그래도 직접 먹어보기 전까지 알 수 없으니까

새로운 시도를 해보는 것도 나쁘지는 않다고 생각해.

DAY 26
따뜻한 것, 차가운 것

추운 날에 끌리는 따뜻함.

더운 날에 끌리는 차가움.

따뜻한 음식이 좋아? 아니면 차가운 음식이 좋아?

따뜻한 것

P. 80

차가운 것

P. 81

따뜻한 음식을 먹으면 몸 전체에 온기가 퍼지는 느낌이 좋아.

마시멜로를 넣은 따뜻한 코코아를 마시고 싶어.

차가운 냉기로 열을 식힐 수 있지.
더운 여름날 시원한 팥빙수를 먹어보고 싶어.

어디론가 여행을 떠나고 싶다

방금 구워서 김이 모락모락 나는 핫케이크가 먹고 싶다.

바람에 살랑살랑 흔들릴 정도로 커다란 솜사탕을 먹고 싶다.

땀 흘리는 날씨에 시원한 사이다를 마시고 싶다.

언젠가 이 방을 나가서 어디론가 여행을 떠나고 싶다.

솔직히 하고 싶은 게 너무나도 많아.

하지만 나도 알고 있어.

모든 것을 만족할 수 있는 삶이란 없다는 것을….

무언가를 바라는 마음이 잘못된 걸까?

바라는 마음은 누구에게나 있어. 환경이 어떻든 간에….

아무것도 바라지 않는 것보다는 낫다고 생각해.

열기구와 함께 하늘을 날아간다.

바람에 몸을 맡겨 날아가는 우리는

넓은 하늘을 헤엄치며 자유를 꿈꾼다.

나가고 싶고 무언가를 하고 싶은 마음이

열기구를 타는 것으로 나타난 것일까?

그렇게 바라는 마음이 커다란 풍선이 되어 날아간다.

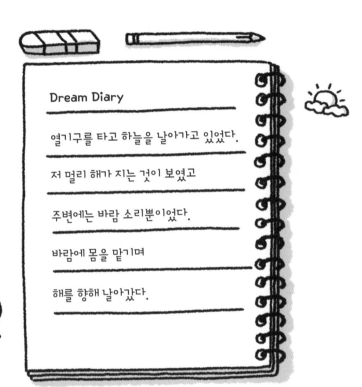

Dream Diary

열기구를 타고 하늘을 날아가고 있었다.

저 멀리 해가 지는 것이 보였고

주변에는 바람 소리뿐이었다.

바람에 몸을 맡기며

해를 향해 날아갔다.

ALONE

여느 때처럼 창밖을 바라보고 있었는데

물웅덩이에 까만 무언가가 움직이는 것을 봤어.

위태로워 보이는 모습이 마치 나와 비슷했기 때문이었을까?

빠르게 주워 왔어.

자세히 보니 작은 거북이었어.

집에 남은 그릇에 물을 조금 담고 거북이를 넣었어.

다행히 힘이 있어 보였어.

그렇게 온종일 거북이를 바라보며 시간을 보냈어.

실수로 거북이에게 손을 물린 것 빼고는

오래간만에 나쁘지 않은 하루였어.

그래도 혼자서 잘도 움직이네

비가 오면 개구리가 우는 것처럼

거북이도 어딘가에서 울고 있을까?

그렇다면 거북이는 어떤 소리를 내며 우는 걸까?

어떤 마음으로 울까?

슬플지 기쁠지 아니면 아무 생각이 없을지 궁금해.

아무리 거북이라도 오랜 세월을 혼자 살아가니까

아마도 외로울 거야.

감정이 무뎌져서 괜찮을 수도 있겠지만

그런 마음을 누가 바랄까?

그래도 혼자서 잘도 움직이네.

언젠간 원하는

옷을 사려고 어느 옷가게에 들어간 적이 있었어.
멋지고 화려한 옷들이 가득했지만
가진 돈이 부족해서 살 수 없었어.
그렇게 마음에 드는 옷을 입는 상상을 하며
구경만 하다가 다시 나왔어.

언젠간 원하는 옷을 입을 날이 찾아올까?

커다랗고 푹신한 인형을 갖고 싶어

서랍을 열었는데 예전에 선물 받은 인형을 발견했어.

까맣게 잊고 있어서 그런 건지

이미 곰팡이가 잔뜩 슬어버렸어.

만약 다시 인형을 얻게 된다면

커다랗고 푹신한 인형을 갖고 싶어.

잘 때 양팔로 껴안을 수 있을 정도로 아주 컸으면 좋겠어.

그렇게 인형을 안고 자면 푹 잠들 수 있을 거라고 생각해.

지금처럼 비바람 불고 천둥 치는 밤이 찾아올 때

인형을 껴안고 있다면 무서움이 사라지지 않을까?

양팔로
꽉 껴안고 싶어

혼자 먹는 밥

요즘 혼자 밥을 먹는 사람이 늘어나는 거 같아.

나도 혼자 먹을 때가 많고.

너는 밥을 보통 혼자 먹니?

P.96

P.97

요즘 혼자서 밥을 먹는 사람들이 많은데

꼭 누군가와 함께 먹을 필요는 없다고 생각해.

'왜 저 사람은 혼자 밥을 먹지?'라고 생각할 필요가 없어.

누군가와 시간이 안 맞을 수도 있고 혼자가 편한 사람일 수도 있지.

누구든 혼자 먹는 이유가 있고 그건 잘못된 게 아니라고 생각해.

혼자 먹는 걸 좋아하지 않는구나.

혼자 먹어도 좋지만 누군가와 함께 먹는 것도 괜찮다고 생각해.

혼자보다는 여러 사람과

생각을 나누는 게 좋을 때도 있으니까.

ALONE

오늘따라 너무 심심해서 창문에 다가가봤어.

습기 찬 창문에 손가락을 가져다 대고 아무렇게나 낙서를 해봤어.

금방 사라져버리긴 했지만, 심심풀이로 나쁘지 않았어.

손이 점점 시려져서 얼마 못 가 손을 뗐지만.

집 근처 공원

그러고 보니 집 근처 가까운 곳에 공원이 있어.

안 간 지 너무 오래되어서 지금은 어떤 모습일지 상상이 안 가.

내가 기억하던 모습이 하나도 남아 있지 않으면 조금 아쉬울 거 같아.

조만간 가봐야겠다고 생각해.

지금은 아니지만.

정말 잘 지내?

최근에 안부 전화를 받았는데 옛 친구한테서 온 거였어.

정말 오랜만이라 할 말이 많을 줄 알았는데

막상 전화를 받으니까 머릿속이 새하얘지고 할 말이 생각나지 않았어.

잘 지내냐는 물음에 나는 그냥 잘 지낸다고 이야기했어.

그렇게 서로 인사만 하고 전화를 끊었지.

갑자기 걸려온 안부 전화에

"아니. 사실은 지금 잘 못 지내"라고 말하는 사람이 몇이나 될까?

만약 다시 "정말 잘 지내?"라고 되물어보면

조금 다른 답을 할 수 있을까?

전화를 끊은 뒤 미처 못다 한 말이 쏟아져 내렸지만
다시 전화를 걸 수가 없었어.

가끔은 말보다 글로 전하고 싶을 때가 있어.
어릴 때 멀리 사는 친구에게
편지를 주고받으며 안부를 물었던 적이 있었어.
언제 올지 모르는 편지를 기다리며
받게 될 편지를 생각하며 즐거웠지.
그렇게 주고받은 편지가 마지막이었던 것 같아.
요즘에는 다들 핸드폰이나 이메일로 안부를 주고받아.
손편지를 썼던 기억이 이제 흐릿해져가.

ALONE

누군가에게 혹은 나 자신에게

글을 써보려고 오래된 책장에서 새하얀 편지지를 꺼냈어.

오랜만에 연필을 깎고 구석에 들어 있던 지우개도 찾아놨지.

그런데 막상 뭘 써야 할지 생각이 안 났어.

새하얀 백지를 보고 있으면 내 머릿속도 하얘지는 거 같아.

무언가 쓰고 싶은데

뭔가를 전하고 싶은데

마땅히 무엇을 써야 할지...

그렇게 연필만 붙잡고 아무것도 쓰지 못했어.

다시 볼 수 있을까?

예전에 내가 살았던 시골을 간 적이 있어.

관리를 안 해서 풀이 무성했어.

집안에 들어가 여기저기 둘러봤는데

내가 기억한 것보다 무척이나 작았어.

어릴 때는 정말 넓게만 느껴졌었는데···.

작은 몸으로 여기저기 돌아다녀도

온종일 놀 수 있었지.

낮에는 그렇게 시간 가는 줄 모르고 놀았어.

밤이 되면 작고 아름다운 풀벌레 소리가 여기저기 들려왔어.

깊어가는 밤에 문득 눈을 떠서 마당으로 나가 하늘을 쳐다봤지.

그때 처음이자 마지막으로 은하수를 봤는데
정말 아름다웠어.
하늘에 빼곡히 박혀있는 별들이
비처럼 쏟아져 내릴 것만 같았어.

세월이 지난 지금도 마치 어제 본 것처럼 생생하게 기억이 나.
언젠가 그 시골집에 다시 가보고 싶어.
그러면 그때 봤던 은하수를 다시 볼 수 있을까?

누구에게나 어린 시절 기억하고 싶은, 잊지 못할 추억이 있다.

시골에서 바라본 밤하늘의 풍경은

마치 커다란 바다가 둥둥 떠다니는 것 같았다.

가보고 싶은 바다와 다시 보고 싶은 은하수가

무의식 속에서 하나로 합쳐진 것이 아니었을까?

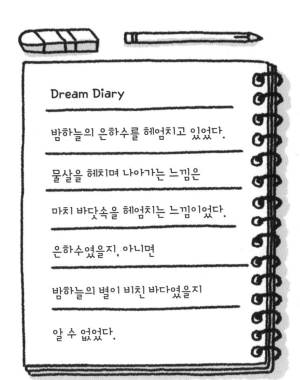

Dream Diary

밤하늘의 은하수를 헤엄치고 있었다.

물살을 헤치며 나아가는 느낌은

마치 바닷속을 헤엄치는 느낌이었다.

은하수였을지, 아니면

밤하늘의 별이 비친 바다였을지

알 수 없었다.

방에 읽을 만한 게 없나 하고 뒤적거리다

오래된 신문 뭉치들을 발견했어.

그때 기사들이 변하지 않는 것처럼

나도 변하지 않은 듯해.

다시 보니까 옛날 생각이 나고

내용도 흥미로워서 금방 다 읽었어.

버리지 않을 거니까

언젠가 한번은 더 읽게 될 거라고 생각해.

가끔 기분전환도 해봐야지

기분전환을 하려고 문방구에 가서 스티커를 사 왔어.

그리고 창문 여기저기에 붙였더니 좀 나은 거 같기도 해.

칙칙한 창문만 바라보며 사는 건 지루하니까

이렇게 살고 있어도 가끔은 기분전환도 해봐야지.

귀찮게 붙어 다니는 지루함은 의욕을 떨어뜨리니까.

스티커가 눈에 띄어서 그런지 새들이 종종 찾아오는 것 같아.

창문 밖에 참새가 앉았다 가는데 잠시 비를 피하러 왔나 봐.

가끔 찾아오는 작은 손님 덕분에 기분전환도 되고

삶에 조금씩 변화가 찾아오는 것 같아.

나도 모르게 몸속 어딘가가 두근두근 뛰는 기분이야.

나도 모르게 변하고 있는 걸까?

DAY 40
길을 가다 보면

자전거를 타보고 싶어.
항상 넘어지지만 잘 탔으면 좋겠어.

마지막으로 탄 건 학창 시절 때야.
공원에서 나무들이 우거진 길을 따라 자전거를 탔지.
달리다가도 자꾸 넘어지려고 했지만….
무언가를 절실하게 노력한 순간을 떠올리면
자전거를 탔던 때가 기억나.

길을 가다 보면 떨어진 돈을 발견할 때가 있어.

10원부터 500원까지 다양하게 봤어.

그중에 100원이 자주 보였어.

동전을 주운 적은 있어도 지폐를 주워본 적은 드문 거 같아.

요즘에는 동전 몇 개로 할 수 있는 것이 얼마나 될까?

과자 한 봉지, 떡꼬치 하나, 예전에는 길에서도 잘 사 먹었어.

하지만 요즘에는 동전 가지고 과자 하나 사기에도 벅차.

심지어 컵라면이 과자보다 더 저렴한 것 같아.

싸다고 자주 컵라면을 먹으니까 살이 찌는 거 같기도 해.

좀 더 좋은 음식을 먹고 싶은 마음이 있어.

언제까지나 음식을 사 먹기만 할 수는 없을 거야.

어린 시절의 추억

어릴 때 해가 밝게 비추고 있었는데 비가 왔던 게 기억나.

밝은 하늘에 보슬비라니 너무 신기했지.

커서 알게 되었는데 이걸 여우비라고 하더라.

초등학교 종이접기 시간에 배웠던 종이학을

여러 마리 접은 기억이 나.

야심 차게 백 마리를 접으려다가

결국 열 마리 접고 포기했지만.

나이를 먹을수록
어린 시절 추억이 더 자주 떠올라.
자꾸 생각이 날 때가 있어.
작은 책상과 의자, 분필 냄새,
그리우면서도 그립지 않은 친구들.
이제 다시 돌아오지 않는 과거이기에
현재가 더 소중하게 느껴지는 거겠지.

현재를 영어로 present라고 하는데
과거의 이러한 추억들은
현재의 나에게 선물인 걸까?

DAY 42
행복하다는 것은 어떤 기분일까

창밖에 날아다니는 새들을 보면 이런 생각이 들어.

하늘을 자유롭게 날아다니는 새들은 행복할까?

행복하다는 것은 어떤 기분일까?

행복이 뭔지 아니?

응
P.118

아니
P.119

행복이 뭔지 아는 사람은 행복한 걸까?

그렇다면 행복이 어떻게 생겼는지 아니?
나중에 알려줘. 무엇인지 궁금하거든.

내가 행복해지고 싶은 것인지
그냥 알고만 싶은 것인지
이 기분을 잘 모르겠어.

동그란 모양일까? 세모난 모양일까?
언젠가 알고 싶은데 너도 궁금하니?
만약에 네가 행복을 알게 된다면
나에게도 알려줬으면 좋겠어.

행복을 모르더라도 상관없을까?
그렇다고 해도 나는 괜찮을까?

CHAPTER 4

내가 특별한 사람이 될 수 있을까?

작지만 그래도 방이 있어서 좋아.

집에 들어서자마자 온기가 있다는 것에 감사해.

기다리다 누군가가 왔을 때 온기를 전해줄 수 있으니까.

오늘은 뭐 하고 지낼까

하루가 시작되면 무엇을 하고 지낼지 생각해.

오늘은 뭐 하고 지낼까? 내일은 뭐 하고 지낼까.

오늘도 내일도 무엇을 하고 지낼지 생각을 하게 돼.

어떤 일이 일어날지 모르지만 나쁜 일은 있지 않을 거라고 생각해.

창밖에 있는 새들 구경하기.

오래되어서 낡은 신문 다시 읽기.

거북이 쳐다보기.

크게 의미는 없지만

소소한 일들을 하고 나면 오늘도 하루가 흘러가.

무엇을 어떻게 하든
지금 내가 할 수 있는 일이 있다면 최선을 다하는 게 좋겠지.
그게 의미가 있든 없든 상관없이.

기다림에 대한 보답

저번에 주워온 상자에 식물을 키우고 있는데 아직 큰 변화는 없어.
금방 꽃이 피면 좋겠지만, 식물을 키우는 일은 정성과 기다림이 필요해.
덜하지도 과하지도 않게.

얼마나 기다려야 할지는 모르겠지만
언젠가는 꽃이 피어날 것을 알기 때문에
기다리는 시간조차도 설레고 즐거울 거야.

시간과 마음을 들인 만큼 건강하게 자라서
기다림에 대한 보답을 해줘.

DAY 45
사우나

지금처럼 비가 계속 오면 몸이 조금씩 으슬으슬해지는 기분이 들어.
특히 밤이 되면 더더욱 그러한 기분을 느끼지.

이럴 때 따뜻한 사우나에 가서 몸을 녹이고 싶은 기분이 들어.
따뜻한 물에 몸을 담가 피로를 풀고 찜질방에 들어가 땀을 빼고 나면
기분이 한결 좋아질 거야.

삶은 달걀을 소금에 찍어 먹고 싶고 시원한 식혜도 마시고 싶어.

즐길 수 있다면 언젠가 사우나에 가보고 싶어.

오늘따라 비가 유난히 많이 왔어.

무언가 읽으려고 책장 맨 위에 꽂혀있는 먼지 쌓인 책을 꺼냈지.

책장을 넘기니까 비 때문에 그런지 종이 냄새가 더 진하게 느껴졌어.

아름다운 도시의 사진이 가득한 페이지를 발견했어.

여기와는 다른 풍경과 음식들이 호기심을 일으켜서

가보고 싶은 마음이 좀 생기더라.

이 책 말고 다른 책에도 내가 가보지 못한 도시들의 사진이 있겠지.

언젠가 도서관에 가서 그런 책들을 찾아보고 싶어.

굳이 책을 사지 않아도 도서관에 가면 얼마든지 빌려 볼 수 있으니까.

이런저런 생각을 하면서 나머지 페이지들을 쭉 읽었어.

너무 오래 보니까 눈이 피로해져서 잠시 눈을 감고 쉬었지.

머릿속에서 피어나는 도시의 풍경을 감상하며 잠에 빠져들었어.

현실에서 있을 수 없는 일들을 바라다 보니

그것들이 응축되어 꿈에 나타난 것은 아닐까?

다시 한번 그 달콤했던 꿈을 꾸고 싶다.

언젠가 그런 날이 오기를 바라고 또 바란다.

Dream Diary

초콜릿과 사탕으로 이루어진 나라였다.

바닥 타일은 사탕으로 이루어져 있고

하늘에서 초콜릿 비가 내렸다.

사탕 우산을 들고 여기저기 구경하며

달콤함을 느꼈다.

DAY 47
어떠한 사람

누군가에게 있어 나는 특별한 사람일까?

특별하지는 않더라도 소중한 사람일까?

아니면 둘 다일까?

내가 어떤 사람인지 잘 모르겠어.

나도 언젠가 특별한 사람이 될 수 있을 거라고 생각한 적이 있어.

하지만 지금의 난 무기력하고 아무것도 할 줄 아는 게 없어.

이런 내가 과연 특별한 사람이 될 수 있을까?

그래도 누군가 한 사람에게는 특별한 존재가 될 수 있지 않을까

하는 생각이 머릿속에서 떠나지 않아.

특별한 사람이 된다는 것은 참으로 어려운 일인 것 같아.

하지만 특별하진 않더라도 소중한 사람이 될 수는 있지.

살아가는 동안 누군가와 함께일 수도 있고 혼자일 수도 있어.

내가 어떤 사람이 될지, 그리고 어떻게 살아갈지,

정해진 답은 없다고 생각해.

메모하는 습관

뭔가를 자주 깜빡하거나 잊어버리는 편이야.

그래서 방 안 여기저기에 메모지를 놓아두었어.

메모를 해두면 나중에 찾아보기 좋으니까.

언제든지 다시 볼 수 있도록 필요한 것을 적어둬야지.

잊어버린 뒤에 다시 떠올리는 건 쉽지 않을 테니까 적어둬.

다시 떠올리려고 할 때는 이미 지나간 뒤니까.

그렇게 지나고 나면 후회할 수도 있으니까.

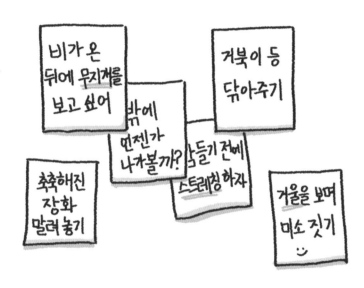

ALONE

거북이가 방안을 열심히 돌아다니다가 갑자기 멈춰 섰어.

한동안 움직이질 않아서 걱정이 됐어.

몸을 숙이고 자세히 보니 그냥 자고 있었어.

저번에는 거북이가 열심히 키우고 있는 식물을 먹으려고 해서

정말 큰일날 뻔했어.

거북이의 마음은 알다가도 모르겠어.

밤하늘의 반딧불이

낮보다 밤에 산책하는 것이 더 좋을 때가 있어.
낮의 밝고 활발한 분위기도 좋지만
밤은 반대로 차분하고 조용한 분위기가 마음에 들기 때문이야.
여기저기 밤길을 밝히는 가로등 빛이
마치 반딧불이처럼 희미하면서도 밝아.

반딧불이를 본 적이 있니?

어렸을 적 시골에서 작은 풀숲 사이를 들여다보면

반딧불이가 마치 별처럼 반짝반짝 빛났어.

하지만 요즘엔 찾아보기 힘들 정도로 사라져버렸어.

그렇게 밤에는 이런저런 생각에 잠겨서 산책을 떠나.

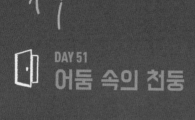

DAY 51
어둠 속의 천둥

저번에 집 근처에 천둥이 치고 벼락이 떨어졌는지

정전된 적이 있었어.

방안이 온통 깜깜해져서 불을 밝힐 만한 것을 찾느라고 애를 먹었어.

간신히 찾았지만 켜기도 전에 이내 정전이 복구되었어.

그 잠깐의 순간이 너무 길게 느껴졌어.

깜깜한 어둠 속에서 아무것도 보이지 않아서 답답했거든.

어렸을 때나 지금이나 정전이 되면 무서운 건 마찬가지야.
어른이라고 무서운 게 없는 것도 아니고
무서움을 잘 극복하라는 법도 없으니까.
몸과 마음이 자랐어도 무서운 건 마찬가지니까
나이와는 상관없다고 생각해.

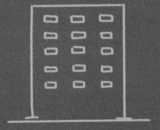

DAY 52
계절마다 느낌이 달라

집안이 답답하게 느껴질 때 밖에 나가서 바람을 쐬면

조금이나마 가슴이 시원해져서 좋아.

바깥 공기는 계절에 따라 느낌이 달라져.

봄이 되면 온 세상이 분홍빛 벚꽃으로 물드니까 정말 아름다워.

공원에도 벚꽃이 있으니까 언젠가 꽃구경을 가고 싶어.

가끔 봄에도 눈이 올 때가 있더라.

날씨는 알다가도 모르겠어서 재미있어.

여름이 되면 가만히만 있어도 땀이 흐르고 정말 더운 거 같아.

매미 소리가 들려오면 여름이 시작되는 것을 느껴.

무엇보다 팥빙수를 먹기 좋은 계절이니까 나쁘지 않아.

가을이 되면 나뭇잎이 떨어져서 나무들이 추워 보여.

낙엽을 밟을 때 바스락거리는 소리가 좋아서 더 걷고 싶어져.

하지만 아침저녁으로 온도차가 심해서 감기에 걸리지 않게 조심해야 해.

겨울이 되면 하늘에서 비 대신 새하얀 눈이 내려와.

다른 노래도 좋지만 겨울에는 역시 캐럴을 듣는 게 좋아.

춥지만 몸을 녹여줄 수 있는 것들은 많으니까 괜찮아.

겨울이 지나고 또다시 새로운 계절들이 돌아오기를 기다려.

이제 뭘 사 먹는 건 질려서 직접 만들어서 먹어보려고 시도했어.

그렇게 요리를 연습하다가 서툴러서 그런지 손을 조금 다쳤어.

요리하는 것 자체는 힘들지만 싱그러운 재료들을 이용하면

간단한 요리도 맛있는 음식이 될 거라고 생각해.

어서 빨리 요리를 잘하는 날이 오면 좋겠어.

DAY 54
라면에 떡

편의점 가면 항상 라면만 사서 나왔는데
주변을 둘러보니까 여러 가지를 팔더라.
시야가 좁았던 거 같기도 하고 관심이 없었던 것 같기도 해.

먹을 때마다 다르게 조리할 때도 있는데
라면에 떡을 넣어서 먹어본 적 있니?

P.152

P.153

나도 가끔 넘어서 먹을 때가 있어.

떡이 푹 퍼지게 끓일 수 있는가 하면 쫄깃하게 끓일 수도 있어.

개인적으로 퍼진 게 더 맛있는 거 같아.

라면 그대로를 좋아하면 그냥 먹을 수도 있지.

아니면 떡 말고 파나 달걀같이 다른 것을 넣어서 먹을 수도 있고.

DAY 55
책을 읽어내리면

먼저 믿어주지 않으면
나도 믿음을
받을 수 없다고 하더라

저번에 읽었던 소설 중에
주인공이 부모님과 다시 만나는 장면은 정말 감동적이었어.
나라면 포기했을 텐데 주인공의 노력은 정말 대단했어.

책을 읽고 난 뒤에 많은 것을 상상할 때가 있어.
만약 다른 선택을 했다면 어땠을까?
나라면 이런 상황에서 무엇을 할까?
이런저런 생각을 하니 책이 더 재밌어지는 기분이었어.
집중해서 읽다가 종이에 손이 베일 뻔했지만….

다음부터는 조심히 읽어야겠어.

ALONE

저번에 심었던 씨앗이 어느새 자라나 싹을 틔웠어.
작은 변화에 나도 모르게 살짝 미소가 지어졌지.

그러다가 옆을 보니 주워왔던 스티로폼이 갈라져서 부서지려고 하더라.
그렇게 튼튼한 것은 아니었나 봐.

대신할 것을 찾으려고 집안을 두리번거리다가
오랫동안 방치되어 있던 페트병이 보였어.
여기저기 닦고 깨끗하게 말린 후 흙을 옮겨 담았지.

페트병을 세웠는데 자꾸만 왼쪽으로 기울더라고.
이러다가 흙이 쏟아져버리는 건 아닐까 생각했어.
서둘러서 찾아보니 구석에 네모난 우유갑이 있었어.

페트병에 있던 흙을 다시 옮겨 담고 세우니까
이젠 기울지 않고 잘 버티더라.

이렇게 무언가에 몰두해서 열심히 한 적은 정말 오랜만이었어.
아마 예전처럼 의욕이 없었다면
하지 못했을 거라는 생각이 드는 하루였어.

내가 바뀐 걸까

아직도 바람에 창문이 흔들리지만, 예전만큼 무섭지는 않아.

세차게 흔들릴 때도 조금씩 흔들릴 때도 있지만 이젠 아무렇지도 않아.

따듯한 방안이 안정감을 줘서일까?

방이 바뀐 걸까 아니면 내가 바뀐 걸까?

무엇이든 간에 무섭지 않으니까 지금으로 만족해.

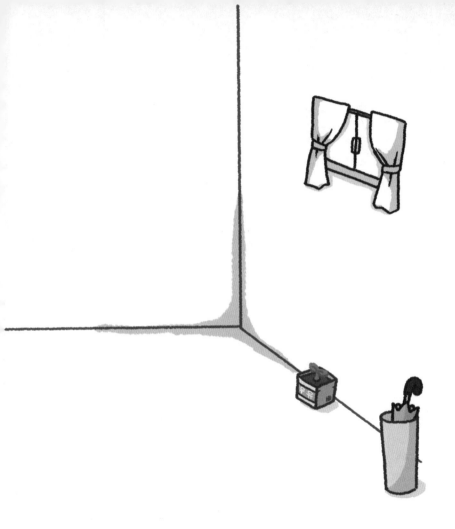

159 😐

CHAPTER 5

과연 문밖에는 어떤 세상이 있을까?

한번 나가볼까?

내가 생각했던 거에 비해 크게 바뀐 것은 없는 거 같네.

이렇게 밖으로 나와서 빗소리를 감상하는 것도 나쁘지 않아.
바깥 풍경도 좋고, 풀잎에 맺힌 이슬을 톡 치면
굴러가는 모습도 볼 수 있으니까.

DAY 58
언제부터 이렇게
작아진 걸까

어린 시절엔 비가 보슬보슬 내리던 날, 비옷을 입고 놀이터에 자주 갔었어.

장화를 신고 축축한 모래밭 위를 뛰어다녔었지.

축축한 그네를 타며 시원한 비바람을 즐겼어.

그네를 타면 점점 높이 올라가

언제가는 하늘에 닿을 수 있을 거라고 생각했지.

그렇게 넓은 놀이터를 돌아다니다 비가 점점 거세지면

집으로 돌아갔어.

지금 다시 놀이터를 둘러보니까
생각보다 작은 곳이라는 걸 깨달았어.
어릴 때는 크게만 느껴졌던 이곳이
언제부터 이렇게 작아진 걸까?
나도 모르게 몸도 마음도 자랐나 봐.

DAY 59
들려오는 음악

오르골 소리를 들어본 적 있니?

나무로 만든 오르골을 돌려본 적 있는데 소리가 맑아서 좋았어.

비 오는 날에 들으면 운치가 있어서 더 듣기 좋은 거 같아.

가끔 공원 벤치에 앉아 있으면 피아노 소리가 비를 따라서 들려와.

아마도 근처에 피아노 학원이 있나 봐.

빗소리에 섞인 피아노 소리가 참 좋아.

고양이의 마음

최근에 가판대 위에서 자는 고양이를 발견했어.

생각보다 깨끗한 거로 봐서 열심히 털을 정리한 거 같기도 해.

조용히 귀를 기울이고 있으면

이따금 고양이가 고로롱거리는 소리가 들려.

기분이 좋은 걸까, 나쁜 걸까?

기분이 나쁘다면 나 때문인 건지 고양이의 마음을 모르겠어.

ALONE

평소처럼 밖으로 나왔는데 공원 옆에 떡볶이집이 눈에 띄었어.

추운 날에는 따뜻한 음식을 찾게 돼서 나도 모르게 발걸음을 옮겼어.

처음 들어갔을 땐 우물쭈물하면서 망설이기만 했어.

큰 결심을 하고 먹고 싶었던 떡볶이와 어묵을 주문했지.

오랜만에 분식이라 정말 맛있게 먹었던 거 같아.
그러다가 어릴 때 학교 앞에서 분식을 먹었던 기억이 새록새록 났어.
500원을 내면 작은 컵 가득히 떡볶이를 담아주셨고
그걸 친구들과 나눠먹기도 했지.

추억에 잠겨서 우물거리고 있었는데
주인아주머니가 서비스로 오징어튀김도 주셨어.
그날은 오래간만에 배부르게 먹고
몸도 마음도 따뜻해져서 집으로 왔어.

조금 천천히 가도 괜찮아

나뭇잎에 달팽이가 기어가는데 정말 열심히 움직이는 거 같았어.

느리게 가는 것 같은데도 잠시 한눈을 팔다가 다시 보면

저만큼 다른 나뭇잎에 도착해 있어.

달팽이가 지나갔던 흔적은 흔들림 없이 한 길로 이어져 있는데,

내 발자국은 어떨지 궁금해.

이 길의 끝에서 뒤돌아보면 똑바로 이어져 있을까.

어떻게 될지는 모르겠지만 앞을 향해 끝까지 나아가는 게 좋겠지.

서두를 필요는 없어.

조금 천천히 가도 괜찮으니까.

달팽이도 거북이처럼 집을 가지고 있어.

태어났을 때부터 말이야.

복잡한 머리를 비우고 싶어

호기심은 알고 싶은 마음이야.

알고 싶은 마음에 이것저것 시도하다 보면

어느 순간 '내가 뭐 때문에 이걸 하고 있었지?'

알 수 없게 되어버려.

그렇게 고민하다 보면 생각이 많아지고 머릿속이 복잡해져.

이 생각이 먼저였는지, 아니면 나중이었는지,

그렇다면 무엇부터 시작해야 하는지.

무엇을 해야 할지 모를 때는

잠시 생각을 그만두고 눈을 감고 쉬는 게 좋아.

복잡했던 생각들이 정리되고 한 가지에 집중할 수가 있어.

이제 아무 생각이 없어

이런 느낌이 나쁘지 않아

항상 복잡한 생각으로 가득했거든

간절히 바란다면 이루어지겠지

누구나 소원 하나쯤은 가지고 있어.

기나긴 비가 그치고 달빛이 부드럽게 비치는 날이 오면

내 소원이 이루어질 거 같아.

그렇다면 소원이라는 것은 언젠가는 꼭 이루어지는 것일까?

간절히 바라고 노력한다면 이루어지겠지.

나의 소원도 너의 소원도, 시간이 오래 걸리더라도 말이야.

소원을 잊어버리지 않고 기억하며 간직할 거야.

소원이 이루어질 날이 오기를 꿈꾸며 오늘도 하루를 보냈어.

이렇게 온기를 느낄 수 있는데

지난번에 멍하니 벤치에 앉아 있었는데
풀숲에서 고양이가 나타나 내 무릎 위에 올라왔었어.
나갈 때마다 마주쳐서 날 알아본 걸까.
무릎 위에 웅크리고 있었는데 생각보다 따듯하더라.

동물에게서도 이렇게 온기를 느낄 수 있는데
왜 사람에게 온기를 느끼는 건 어려울까.
직접 닿지 않아도 말과 행동에서
냉정하고 차가운 시선이 느껴질 때가 많아.

나는 고양이에게 따듯한 사람으로 느껴지고 싶어.

떠올리기만 해도 편안해지는 그런 사람이 되었으면 좋겠어.

따뜻해지는 날

걱정, 근심….

이런 것들을 다 날려버리고 마음이 따뜻해지는 날이 왔으면 좋겠어.

마음이 편안해지는 기분이 들었으면 해.

너도 그랬으면 좋겠고.

앞날에 대한 걱정과 여러 가지 근심으로 생각이 가득 찼지만,

앞날은 알 수 없으니까,

두려우면서도 한편으로는 기대가 되는 거 같아.

정해진 것을 받아들여야 할 때도 있지만,

결국 삶을 만들어가는 것은 나 자신이니까.

DAY 67
속이 후련해질 거야

여기 시원해서 좋아.

비 때문에 축축하긴 해도 이렇게 앉을 자리도 있고.

여기서 노래를 부른다면 빗소리에 묻혀서

맘껏 크게 불러도 될 거 같은 기분이야.

비록 내가 아는 노래는 어릴 때 본 만화 주제가 정도가 전부지만.

노래를 부르고 나면 울적했던 기분이 좀 사라지지 않을까.

소리를 크게 지르며 노래를 해도 빗소리에 묻히니까

괜찮을 거라 생각해.

그러고 나면 속이 후련해질 거야.

비 오는 날에 개구리 소리를 들어본 지 오래된 거 같아.

어디에 숨어 있을까?

"네가 울면 무지개 연못에 비가 온다"는 가사가 떠올라.

어릴 때 봤던 개구리가 나오는 만화 주제가였는데….

노래에서 그러더라, "일곱 번 넘어져도 일어나라"고.

넘어져도 계속 다시 일어나는 게 쉽지 않다는 걸

그때는 잘 몰랐던 거 같아.

지금 다시 본다면 예전처럼 재미있게 볼 수 있을까?

돌고 돈다.

비는 떨어졌다가 다시 올라가고 그렇게 계속 돌고 돈다.

삶도 돌고 돈다.

아침에 일어나서 일과를 보내고

밤에 잠을 자고 계속 돌고 돈다.

돌아가기만 하는 삶이 좋지도 나쁘지도 아무런 생각도 없다.

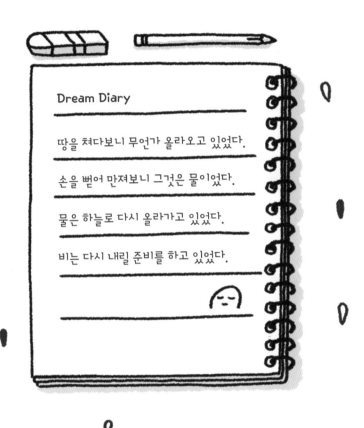

Dream Diary

땅을 쳐다보니 무언가 올라오고 있었다.

손을 뻗어 만져보니 그것은 물이었다.

물은 하늘로 다시 올라가고 있었다.

비는 다시 내릴 준비를 하고 있었다.

DAY 68
어떤 얼굴

공원에 있는 작은 호수에 금붕어들이 살고 있더라.

금붕어는 기억력이 안 좋다고 들었는데 사람도 똑같은 거 같아.

만약 금붕어에게 바다를 보여준다면 어떤 얼굴을 할까?

그냥 좀 커다랗고 평범한 호수라고 생각할지도 모르겠어.

금붕어에게 작은 호수가 전부인 것처럼 나에게는 작은 방이 전부야.

호수를 쳐다보고 있으면 희미하게 기억하고 있던 바다가 궁금해져.

호수랑은 비교도 안 될 정도로 정말 크고 넓겠지.

바다에 가본 지 오래돼서 더 궁금한 것 같아.

지금처럼 비가 올 때 바다는 어떤 얼굴을 하고 있을까.

산책하고 있었는데 멀리서 뭔가 보였어.
사람이 많이 모여 있어서 다가갔는데 작은 장터가 열리고 있었어.
크고 작은 화분들도 팔고 있더라.

마침 방에 키우고 있는 작은 식물이 떠올랐어.
한동안 우유갑에서 키우다가
안 쓰는 유리잔에 옮겨 담았는데 많이 자랐거든.

계속 집에 있는 물건에 옮겨심는 건 무리일 거 같아서
괜찮아 보이는 작은 화분을 하나 샀어.

그 화분을 소중하게 품에 안고 집으로 돌아갔지.
그날따라 귀가하는 발걸음이 무척이나 가벼웠어.

한없이 우울한 날

쓸모없다고 생각하고 버렸는데

언젠가 쓸 수 있었다는 사실을 알게 된다면 후회하겠지.

언젠가는 다시 돌아올 거라고 생각했는데

아무리 기다려도 돌아오지 않는다는 것을 깨닫는 순간,

빈자리가 그 어느 때보다도 크게 느껴질 거야.

반대로 필요하다는 걸 알면서 버릴 때도 있어.

없어도 괜찮다는 생각이 들어서일까,

아니면 가지고 있기가 힘들어서 그런 걸까.

오늘따라 더 울적한 내 마음을 아는지
하늘이 나를 대신해서 울어줘.
흐르는 눈물을 들키고 싶지 않아 비를 맞고 싶어.

끝도 없이 내리며 하염없이 흘러가는
빗물을 바라보며 오늘도 살아가.

가끔은 우울해도 괜찮잖아.
자주 우울하다고 해도 나쁠 건 없잖아.
우울해지고 싶어서 우울한 건 아니니까.

DAY 71
외롭게 느껴질 때

주변에 사람이 많이 있어도 외롭다고 느낄 수 있어.
나를 진심으로 알아주는 사람이 한 명도 없다면
혼자 있는 것과 같을 거야.

만약 나를 제대로 알아주는 사람이 한 명이라도 존재한다면
조금은 덜 외롭지 않을까.

그런 사람이 잠깐이라도 내 곁에 있어 주면 좋겠어.
그러면 머물러줘서 고맙다고 말해줄 거야.

외출에서 돌아와 장화를 보니까 너무 지저분해졌더라.

곧바로 화장실에 들어가 얼룩진 부분을 깨끗하게 닦았어.

날씨 때문인지 방안이 눅눅해서 물기가 잘 마르지 않았어.

우울한 날에 눈물이 잘 마르지 않는 것처럼.

시간이 지나고 나서야 겨우 물기가 다 말랐고

기분 좋은 보송보송함이 느껴졌어.

비가 내리면

생각해보면 비가 계속 내리는 게 꼭 나쁜 것만은 아닌 거 같아.

구름만 잔뜩 낀 날보다는 시원하게 비가 쏟아지는 날이

우산을 가지고 나갈까 말까 고민하지 않아도 되니까.

비는 누군가에게는 슬픔을

다른 누군가에게는 행복을 주기도 해.

갑자기 쏟아지는 비를 맞으면 곤란하겠지만,

가뭄에 내리는 비는 그 무엇보다 소중한 보물이겠지.

비를 맞아 물러진 땅이 해가 뜬 뒤에 더욱더 단단하게 굳어지는 것처럼

슬픔 뒤에 행복이 찾아오기도 할 거야.

DAY 74
너는 어디서 왔니

이제 고양이가 자주 찾아와서 나에게 다가와.

한편으로는 반갑지만, 문득

'이 고양이의 집은 어디에 있을까?' 하는 생각이 들어.

어쩌면 여기가 집이라고 생각하고 있을지도 모르지.

고양이가 집처럼 편안해하고 있거든.

무릎 위에 웅크리고 있는 고양이를 쓰다듬어주고 있는데

갑자기 앞발로 내 손을 꾹 눌렀어.

그 말랑한 감촉이 아직도 손등에서 느껴져.

어딘가에 발자국이 남겨졌다.

CHAPTER 6

바쁘게 어디로 가는 걸까?

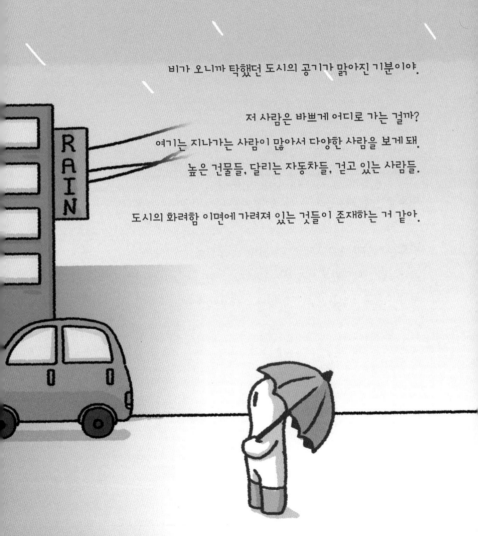

비가 오니까 탁했던 도시의 공기가 맑아진 기분이야.

저 사람은 바쁘게 어디로 가는 걸까?

여기는 지나가는 사람이 많아서 다양한 사람을 보게 돼.

높은 건물들, 달리는 자동차들, 걷고 있는 사람들.

도시의 화려함 이면에 가려져 있는 것들이 존재하는 거 같아.

DAY 75

길의 끝

거리를 걷다 보면 문득 궁금해져.

도시의 골목길, 저 길의 끝은 어떻게 생겼을까.

미로같이 복잡한 길을 지나고 나면 어떤 곳이 나올까.

미로는 어딘가에 출구가 존재하니까

오랫동안 헤매더라도 언젠가는 끝에 닿겠지만,

만약에 출구가 없는 미로에 갇혔다고 생각하면 막막해져.

만약에 내가 길을 잃고 방황하게 된다면…

누군가가 나를 찾아줬으면 좋겠어.

나를 붙잡아줬으면 좋겠어.

DAY 76
결국 나는 혼자인가?

도시의 사람들은 언제나 바빠 보여.

다들 어디론가 빠르게 이동해.

말을 걸어도 아마 내가 원하는 대답을 들을 수 없을 거야.

매일 바쁘게 무언가를 해결해야 하는 그들에게

진심 어린 대답은 들을 수 없을 거야.

아무리 많은 사람 속에 있어도 결국 나는 혼자구나.

나를 제대로 알아봐주는 사람이 몇이나 될까.

어쩌면 없을지도 모르겠어.

슬픈 생각은 하고 싶지 않은데

우울한 생각은 한 번 하기 시작하면 멈출 수가 없어.

끝없이 이어져가.

도시가 무너지는 모습을 본 건 마음속에 남아 있는 불안감 때문일까.

모든 사람이 밝고 긍정적인 생각만 하며 살 수는 없다.

그러니 설령 이런 꿈을 꾸게 되더라도 나쁜 게 아니다.

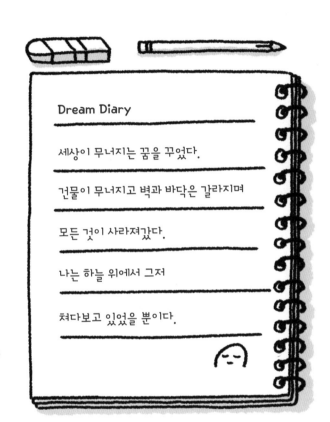

Dream Diary

세상이 무너지는 꿈을 꾸었다.

건물이 무너지고 벽과 바닥은 갈라지며

모든 것이 사라져갔다.

나는 하늘 위에서 그저

쳐다보고 있었을 뿐이다.

DAY 77
나쁜 습관

낯선 사람과 밝게 인사를 못하겠어.

나쁜 습관인 걸 알지만 고쳐지질 않아.

그래서 너와 처음 만났을 때 웃는 얼굴로 맞이하지 못했어.

아무리 생각해도 나에겐 어려운 일이야.

사람이 나쁜 습관을 쉽게 바꿀 수 있다면 얼마나 좋을까.
하지만 평생 나쁜 습관을 바꾸지 못하는 사람도 있어.

결국 노력만이 답이라고 생각해.

DAY 78
우산들의 색

사람들이 쓰고 있는 우산 색이 다양하구나.

마음의 색깔이 우산에 나타난다면 이렇게 여러 가지일까,

아니면 회색빛 우산들만 가득할까.

아마 내 우산은 회색빛에 가까울 거라고 생각해.

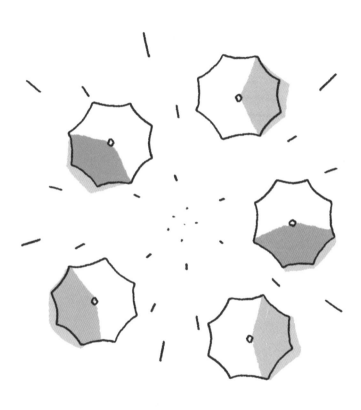

DAY 79
거미줄

비가 내리니까 하늘이 회색빛으로 물들었어.

그 하늘 아래 전깃줄이 마치 거미줄처럼 복잡하게 엉켜 있어.

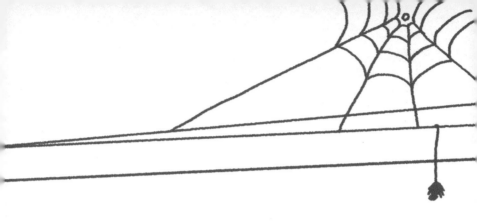

이렇게 올려다보면 하늘이 넓은 것 같다가도
다른 날 보면 좁게 느껴질 때도 있어.
어디에서 보는지, 어떻게 보는지에 따라 달라져.

결국 모든 것은 생각하기 나름이야.

ALONE

바람이 강하게 부는 날에는 밖에 잘 나가지 않는 편인데,

오늘은 어쩔 수 없는 일이 생겨서 나갔어.

비바람에 우산이 뒤집히기라도 할까 걱정스레 문을 나섰지.

잘못하면 우산이 망가질 수 있으니까 조심하며 길을 걸었어.

그러다 갑자기 강풍이 불기 시작했어.

방심한 탓에 길 한복판에서 우산이 마치 안테나처럼 뒤집혀버렸지.

다시 생각해봐도 부끄러운 기억이야.

정말 민망한 하루였어.

DAY 81
다가가는 것

누군가를 기다리는 것도 쉽지는 않지만

내가 먼저 다가가는 것은 더 어려워.

내가 조금 더 마음을 열면 사람들이 더 가까이 다가올까?

사람에게 다가갈 수 있게 된다는 건

작은 변화일지 몰라도 나에게는 큰 걸음이라고 생각해.

더 이상 무섭지 않아

어릴 때 작고 하얀 강아지가 꼬리를 흔들며 나에게 달려왔는데
그때는 강아지가 커 보였는지 무서웠어.
지금 생각해보면 강아지는 그냥 같이 놀고 싶었을 뿐이었을 텐데
조금 미안한 마음이 들어.

며칠 전에 길거리에서 강아지를 만난 적이 있어.
어릴 적 무서움이 조금 남아 있었지만,
용기를 내서 머리를 쓰다듬어봤어.
강아지가 꼬리를 이리저리 흔들면서 반겨주더라.
보드라운 감촉을 느끼며 손을 떼니 저멀리 가버렸어.

이제는 더 이상 무섭지 않아.

화단에 핀 꽃을 보니 집에 있는 식물이 떠올랐어.
애정을 갖고 키웠더니 잘 자라고 있는 기분이 들어.
시들지 않고 튼튼하게 자라길 바랄 뿐이야.

이제 곧 꽃봉오리가 나오지 않을까?
언젠가 보여줄 테니까 기다려줘.

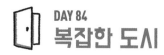

DAY 84
복잡한 도시

도시 속을 들여다보면 사람들이 정말 많아.

복잡한 세상이지.

이렇게 사람이 많은 것을 좋아하니?

좋아

P.232

싫어

P.233

북적북적한 것이 좋을 수도 있지.

많은 사람을 보면 저마다 다른 모습으로 살아간다는 것을

느낄 수 있으니까.

뭔가 신기하기도 하고 여러 생각이 들어.

나도 사람이 많은 건 좋아하지 않는 편이야.
너무 복잡해서 정신이 혼란스러울 때도 있고.
조용한 것도 나쁘지 않다고 생각해.

DAY 85
걱정거리 없는 세상

도시에 사람이 많은 이유는 일할 곳이 많아서인지 몰라.

비가 와도 눈이 내려도 다들 그냥 맞으면서 살아가.

지치고 힘들어도 열심히 살아가.

멈추지 않고 돌아가는 무한의 수레바퀴 같아.

이렇게 바쁜 일상 속에서 잠깐이라도 쉬어갈 곳이 존재할까?

조금은 손을 놓고 있어도 괜찮은 세상이 왔으면 좋겠어.

걱정거리가 없는 세상이 왔으면 좋겠어.

근심 걱정은 머리를 아프게 하니까.

커피 향이 좋아서 카페에 들렸어.

카페 전체에 은은하게 퍼진 커피 향이 기분을 좋게 만들어줬어.

따뜻한 아메리카노를 마셨더니

커피 향을 더 진하게 느낄 수가 있었지.

부드러운 향이 마음을 편안하게 해서 좋았어.

하지만 너무 많이 마시면 밤에 잘 수 없을 테니 곤란해.

237 😌

DAY 87
달콤한 추억

카페를 나와 건너편에 있는 새로 생긴 옛날 과자점에 들렀어.

안에 들어가니까 추억의 과자들을 잔뜩 팔고 있더라.
어릴 때 학교 앞에서 사 먹던 100원짜리 과자들이 그대로 있었어.

추억들을 하나둘 따라가다 보니
달고나 만드는 기계 앞에 다다랐어.
설탕을 녹여서 베이킹 소다를 넣고 물고기 모양을 찍었지.
바늘로 콕콕 찔러서 모양을 만드는 데 성공했어.

그랬더니 상품으로 '벽에 걸려 있는' 커다란 잉어 모양 엿을 주셨어.

집에 가서 먹을 생각이었는데

진짜 엿이 아닌 장식품이라서 먹을 수는 없다고 하셨어.

먹을 수 있는 게 아니라 아쉬웠지만

벽에 걸어두면 볼 때마다 달콤한 추억이 떠오를 것 같아.

DAY 88
자유로움

평화롭고 조용한 하루를 보내는 것이 얼마나 큰 기쁨인지 몰랐어.

지루하고 재미없는 일상을 불평불만한 나 자신이 부끄러워.

자유를 누릴 수 있을 때 마음껏 만끽해두는 것이 좋아.

나중에 더 이상 자유롭지 못할 때가 오면

그때가 무척이나 그리울 테니까.

DAY 89
작은 새들

도시에서는 비둘기나 참새를 자주 보게 되는 거 같아.

비가 계속 내리면 새들도 날기 힘든지 잠시 비를 피할 곳을 찾아.

새들에게 비가 온다는 것은

자유롭지 못한 공간에서 살아가는 것과 같아 보여.

비를 피해 처마 밑에 옹기종기 모여서 어떤 생각을 하고 있을까.

아마 맑은 하늘에서 자유롭게 날아다니는 모습을 떠올리는지도 모르겠어.

243 😌

소중하다고 생각해

지금 살아가는 인생이 최선일까? 당연할까?
머릿속을 떠도는 생각들이 나에게 질문을 던져.

정확하게 답할 수는 없지만,
어떤 모습이건 간에 내 인생은 소중하다고 생각해.

눈앞에 소중한 것을 알아보지 못하고 스쳐 지나친 때도 있었겠지.
그렇게 지나친 순간조차도 전부 소중해.

내가 만들어내는 인생은 하나뿐이니까 소중해.

◻ ALONE

집으로 돌아오는 길에

건물에 붙어 있는 거울 속에 비친 내 모습을 봤어.

잠깐 스치듯 봤을 뿐이지만 표정이 즐거워 보여서 깜짝 놀랐지.

상상도 못 했었는데 언제부터 이렇게 바뀐 걸까.

작은 변화들이 차곡차곡 쌓여서 내 모습을 바꾸었나 봐.

247 😌

슬슬 집으로 돌아갈까? ⧖

249 ☺

CHAPTER 7

언젠가 그런 날이 올 거라고 믿어

내가 사는 단칸방이야.

이 이상은 없지만

그래도 나는 이 작은 공간에 만족하며 살아가.

DAY 92

열심히 청소하고 싶어져

방을 청소하지 않으면 먼지가 점점 쌓이게 돼.

혼자 사는 방인데
왜 청소를 해야 하나 생각이 들 때도 있지만
방이 깨끗하면 나에게도 좋다는 걸 알게 되었어.
주변이 깨끗하면 내 정신도 말끔해지는 기분이 드니까.

그래서 네가 오기 전에 책장에 쌓인 먼지를 조금 털어냈지.
사실 방에 찾아오는 사람이 있으면
청소를 더 열심히 하게 되는 것도 있어.

할 때는 힘들지만 먼지를 걷어내고 깨끗해진 모습을 보면
생각보다 기분이 좋아.
내일도 모레도 꾸준히 청소하도록 노력할 거야.

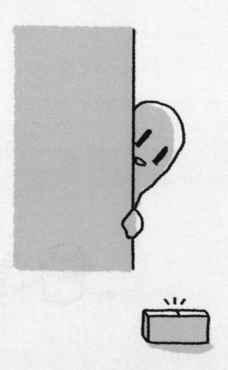

구석에 쌓아둔 짐을 뒤적거리다가
오래전에 잃어버렸던 물건을 찾았어.
그 당시에는 찾으려고 애써도 안 나와서 포기했었는데
늦었지만 지금이라도 찾아서 다행이야.

어질러진 짐을 다시 정리하는 데 오래 걸렸지만
찾았다는 기쁨에 힘들거나 지친 마음은 별로 들지 않았어.

조금 늦으면 어때

요즘, 예전과는 다른 삶을 살려고 노력하고 있어.
가벼운 운동도 꾸준히 하고 밥 먹기 귀찮아도
삼시 세끼 꼬박 챙겨 먹으려 하고.
예전엔 거울에 비친 내 모습을 보면 좀 초라한 느낌이 들었는데
이제는 인상도 좋아지고 건강해진 기분이 들어서 좋아.

난 이미 늦었다고 생각했는데 너무 일찍 포기했었나 봐.

늦었다고 생각할 때는 정말 늦은 거라고 말하지만
조금 늦으면 어때?
사람마다 시작점이 다른 거지.
결과는 어떻게 될지 아무도 모르는 법이야.

ALONE

화분에 옮겨 심은 식물이 하루가 다르게 성장하고 있어.

자그만 싹이었는데 어느새 꽃봉오리가 맺혔어.

머지않아 곧 꽃이 피어날 거라고 생각해.

과연 어떤 모습일지 궁금해.

내 마음속에도 장마가 멈추고 구름이 개어

꽃들이 피어났으면 좋겠어.

이 작은 식물처럼 말이야.

작은 연주회

빗방울이 조용한 방 창문을 두드리면
그 소리가 날 부르는 것처럼 들려.
크지도 작지도 않게 규칙적으로 들려오는 그 소리는
나만을 위한 작은 연주회 같아.

계속 누워서 감상하고 있으면 마음이 편안해져.
그대로 조용히 듣다가 잠이 들 것 같아.
가끔 빗소리와 함께 풀벌레 소리가 들릴 때도 있는데
마치 빗소리를 따라 노래를 부르는 것만 같았어.
비와 풀벌레의 합주였던 걸까.

DAY 97
파도 소리

어릴 때 바다에 간 적이 있는데
수영을 할 줄 몰라서 모래밭에서만 놀았어.
찰랑거리는 파도에 발을 담그고 시원함을 느끼기도 했고,
장난감 삽으로 모래성을 쌓으며 즐거운 시간을 보냈지.

열심히 놀고 나니 지쳐서 모래 위에 그대로 누웠는데
파도 소리가 규칙적으로 들려오더라.
작은 파도 소리가 마치 빗소리처럼 들려서
눈을 감고 귀를 기울이니까 나도 모르게 잠이 들어버렸지.

아마 몸도 마음도 편안했나 봐.

잘 지내?

살다 보면 잊고 지낸 사람들이 떠올라.
무엇을 하면서 지낼지 궁금하기도 하고.

다들 요즘 잘 지내고 있는지 모르겠네.
잘 지낼 거라 믿어.

비록 나는 잘 지내지 못한다고 말하고 싶더라도
상대방이 걱정하기를 바라지는 않으니까...
너는 내가 잘 지낸다고 생각해줬으면 좋겠어.

그런 날이 올거라고 믿어

불을 끄고 침대에 누우려 하는데

창밖으로 빛이 새어 들어왔어.

밖을 내다봤더니 구름 사이로 달님이 살짝 보이더라.

오랜만에 달님을 보니까 반가웠어.

계속 흐릴 거라고 생각했는데 그건 아니었나 봐.

비가 개고 맑은 날이 찾아오듯이

언젠가 인생에도 밝은 날이 올 거라고 믿어.

시간이 오래 걸리더라도 그런 날이 올 거라고 믿고 있어.

잘 때 이불을 꼬옥 덮고 자면 좋은 꿈을 꿀 수 있을 거 같아.

모두 빛이 나기를

어린 때 밤에 회전목마를 탄 적이 있는데 너무 아름다웠어.
예전이나 지금이나 밤에 보는 풍경은 참 아름다운 것 같아.

창문 밖 저 빛들을 보며 모두가 기분이 좋았으면 좋겠어.
밤하늘을 밝히는 불빛처럼 모두 반짝반짝 빛이 나기를.

드디어 하늘이 갠 것일까.

언제나 먹구름만 그득하던 마음속에

한 줄기 빛이 새어 나오기 시작했다.

이제까지의 시간을 웃으며 넘길 수 있도록

내가 성장한 것은 아닐까?

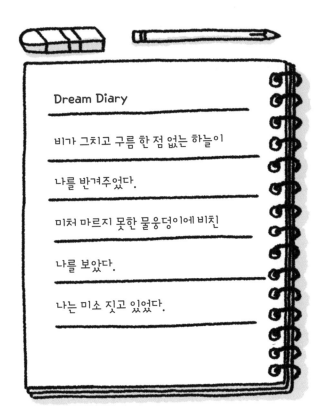

Dream Diary

비가 그치고 구름 한 점 없는 하늘이

나를 반겨주었다.

미처 마르지 못한 물웅덩이에 비친

나를 보았다.

나는 미소 짓고 있었다.

DAY 101

하루에 조금씩이라도

요즘 집에서 가볍게 스트레칭을 하고 있어.
몸이 가뿐해지는 기분이야.
게다가 자주 외출하는 덕분인지 피곤해져서 깊게 잠이 들어.

몸을 움직이는 게 좋다는 걸 알고 있었지만
직접 해보고 나서야 확실히 느끼게 되었어.
생각만 하는 것보다 직접 시도해보는 게 역시 좋아.

귀찮은 마음이 여전히 사라진 것은 아니지만
매일 조금씩 시도해볼 거야.
그러면 언젠가 몸도 마음도 익숙해지겠지.

ALONE

유난히 움직이기 싫은 날이 있어.

그럴 때 억지로 몸을 움직이면 더 좋지 않아.

피곤하고 지친 몸을 과하게 움직여서 좋을 게 없지.

물론 일이 많을 땐 그럴 수 없지만 쉴 때는 쉬어야 해.

쉬어야 할 때 쉬지 않으면 결국 건강이 나빠지고 말 거야.

다른 무엇보다 몸이 건강한 게 가장 중요해.

그러니 너도 항상 건강하길 바라.

담아두지 말고 표현해

마음속에만 담고 있으면 누가 알아봐줄까.
드러내지 않으면 해결되는 것은 아무것도 없을 거야.

비록 표현이 서툴지라도
마음을 열고 솔직하게 털어놓는 편이
모두에게 좋다는 것을 알게 되었어.

그러니 생각을 속에만 담아두지 말고
혼자서 끙끙대며 고민하지 말고
말이나 글로 상대방에게 표현해봐.
지금보다 더 나아질 거야.

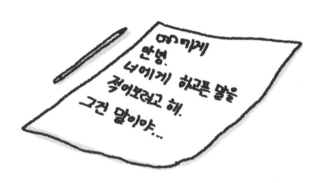

DAY 104
정말 좋니?

 너를 알게 된 지도 시간이 꽤 지났네.

예전에도 같은 질문을 했었지만,

나랑 대화하는 게 좋니?

좋아
P.282

글쎄
P.283

좋다고?

나도 이제 나쁘지 않다고 생각해.

좋은 편이라고 볼 수도 있고.

용기 내서 말하는 건 어려운 일이구나.

조금 부끄럽네.

글쎄라...

좋아하든 싫어하든

이렇게 와주는 것만으로도 괜찮다고 생각해.

내 성격이 마음에 안 들 수 있지만

많이 싫어하는 것은 아니라고 봐도 될까?

아름다운 꽃

처음에는 관심 있는 듯 없는 듯 다가갔어.

그러다가 무관심하면 달라지는 게 없다는 걸 알게 되었지.

계속 꾸준히 관심을 갖고 돌보니까 내게 보답을 해줬어.

솔직히 이런 환경에서 꽃이 피어날 거라고는 상상도 못 했지만,

조금씩 변하며 성장했지.

고마워.

아름다운 꽃을 볼 수 있게 되어서 기뻐.

주변에 아무런 관심도 흥미도 없었어.

무관심이 답이라고 생각했던 적도 있었지.

그러던 어느 날 네가 찾아오고 나의 일상에 작은 변화가 생겼어.

작은 변화는 눈덩이처럼 점점 커져만 갔지.

무관심이 관심으로 변하고 지루하던 세상이

어느새 흥미롭게 보였어.

그렇게 점점 나의 마음이 열리는 기분이 들었지.

나의 마음에 어느 순간 꽃이 피어난 걸까?

나도 내가 이렇게 변할 줄 상상도 못 했어.

네 덕분에 점점 나 자신이 변한 게 아닐까 생각해.

그런 너에게 하고 싶은 말이 있어.

고마워.

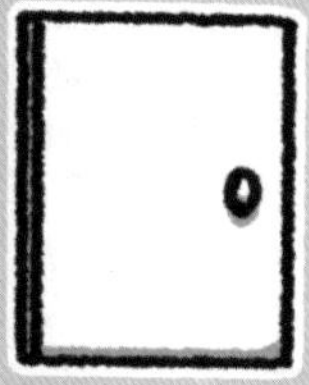

잘 가, 친구.

작은 화면 속에서만 맞이했던 우울한 친구.

게임으로는 미처 풀어내지 못했던

그 친구의 이야기를 보여주고 싶었습니다.

게임 속 우울한 친구의 대사를 응용하여 책으로 출판하게 된 것은

여러분이 보내준 많은 사랑과 관심 덕분이었습니다.

『비 내리는 단칸방』은 저희가,

그리고 여러분이 한 번쯤 느껴본 감정이자 경험해본 일상입니다.

물론 모든 사람이 이 책을 읽으며

같은 마음으로 공감할 거라고는 생각하지 않습니다.

세상에는 밝고 긍정적인 사람들도 있고,

우울한 성향의 사람도 있습니다.

그리고 우리 각자의 마음속에는 따스함과 차가움이

언제나 함께 있습니다.

삶에서는 행복과 슬픔이 끊임없이 반복됩니다.
다만 이 책이 슬프고 외로운 날을 견디는 데
작은 위로가 되었으면 하고 바랄 뿐입니다.

"당신은 잘못 살고 있는 것이 아니에요."
당신에게 이렇게 말해주고 싶습니다.
슬프면 슬픈 대로, 행복하면 행복한 대로
삶은 저마다의 의미가 있으니까요.

다시 생각이 날 때가 있다면 언제든 방문해주세요.
우울한 친구는 여기서 계속 당신을 기다리고 있을 테니까요.

BORAme팀

KI신서 8327

비 내리는 단칸방

1판 1쇄 인쇄 2019년 9월 25일
1판 1쇄 발행 2019년 10월 2일

지은이 BORAme
펴낸이 김영곤 박선영 **펴낸곳** (주)북이십일 21세기북스
콘텐츠개발1본부2팀 윤예영 김선영 **책임편집** 김선영
마케팅1팀 왕인정 나은경 김보희 한경화 정유진 박화인
출판영업팀 한충희 김수현 최명열 윤승환
제작팀 이영민 권경민 **홍보팀장** 이혜연
디자인 빅웨이브

출판등록 2000년 5월 6일 제406-2003-061호
주소 (우 10881) 경기도 파주시 회동길 201(문발동)
대표전화 031-955-2100 **팩스** 031-955-2151 이메일 book21@book21.co.kr

(주)북이십일 경계를 허무는 콘텐츠 리더

21세기북스 채널에서 도서 정보와 다양한 영상자료, 이벤트를 만나세요!
페이스북 facebook.com/jiinpill21 **포스트** post.naver.com/21c_editors
인스타그램 instagram.com/jiinpill21 **홈페이지** www.book21.com
유튜브 www.youtube.com/book21pub
서울대 가지 않아도 들을 수 있는 명강의! 〈서가명강〉
네이버 오디오클립, 팟빵, 팟캐스트에서 '서가명강'을 검색해보세요!

ⓒ BORAme, 2019
ISBN 978-89-509-8283-6 03810

책값은 뒤표지에 있습니다.
이 책 내용의 일부 또는 전부를 재사용하려면 반드시 (주)북이십일의 동의를 얻어야 합니다.
잘못 만들어진 책은 구입하신 서점에서 교환해드립니다.